Love becomes remembrance
s soon as it begins

사랑은 시작하는 순간부터 추억이 된다

*Love becomes remembrance
As soon as it begins*

글 그림 김경미

징검다리

프롤로그

이 세상에서 가장 영원할 수 있는 사랑은 추억을 사랑하는 것입니다
이 세상에서 가장 아름다운 사랑 또한 추억을 사랑하는 것입니다
그래서 아직도 저는 추억속의 당신을 사랑합니다

혼자 사랑하는 것을
짝사랑이라고 합니다

.

.

.

혼자 이별하는 것은
무엇이라고 할까요?

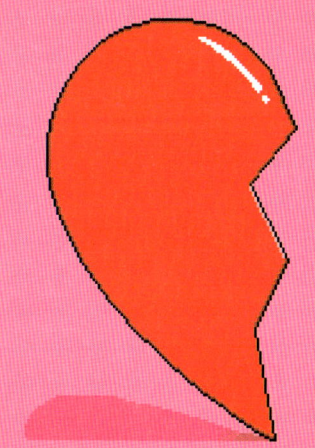

저의 사랑의 아픔은… 오늘도 홀로 날개 짓 합니다

KK

혼자 이별하는 것은

무엇이라 할까요?

사랑은 시작하는 순간부터 추억이 된다 **KK**

잘려 나가도
다시 자라는
도마뱀의 꼬리처럼

잊으려해도
생각나는
당신의 모습
.
.
.
당신을 사랑하는 것은
아마도
나의 **본능**인가 봅니다

당신을 사랑하는 것이 나의 본능이라면…
당신을 기다리는 것은 나의 숙명인 것 같습니다

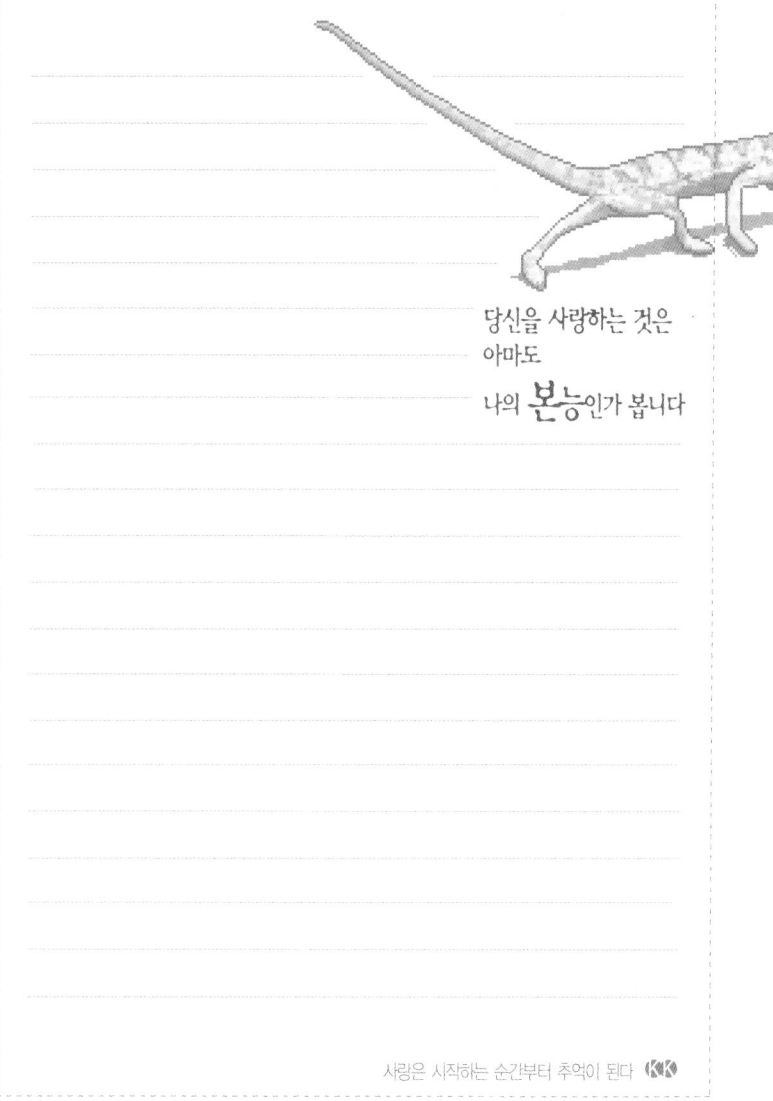

당신을 사랑하는 것은 아마도

나의 **본능**인가 봅니다

사랑은 시작하는 순간부터 추억이 된다 KK

나는
이가 아프면 아무 것도 하지 못한다
그이가 아파도 아무 것도 하지 못한다

아픈 나보다 더 마음 아파할 누군가가 있다는 것은 분명 행복한 일입니다

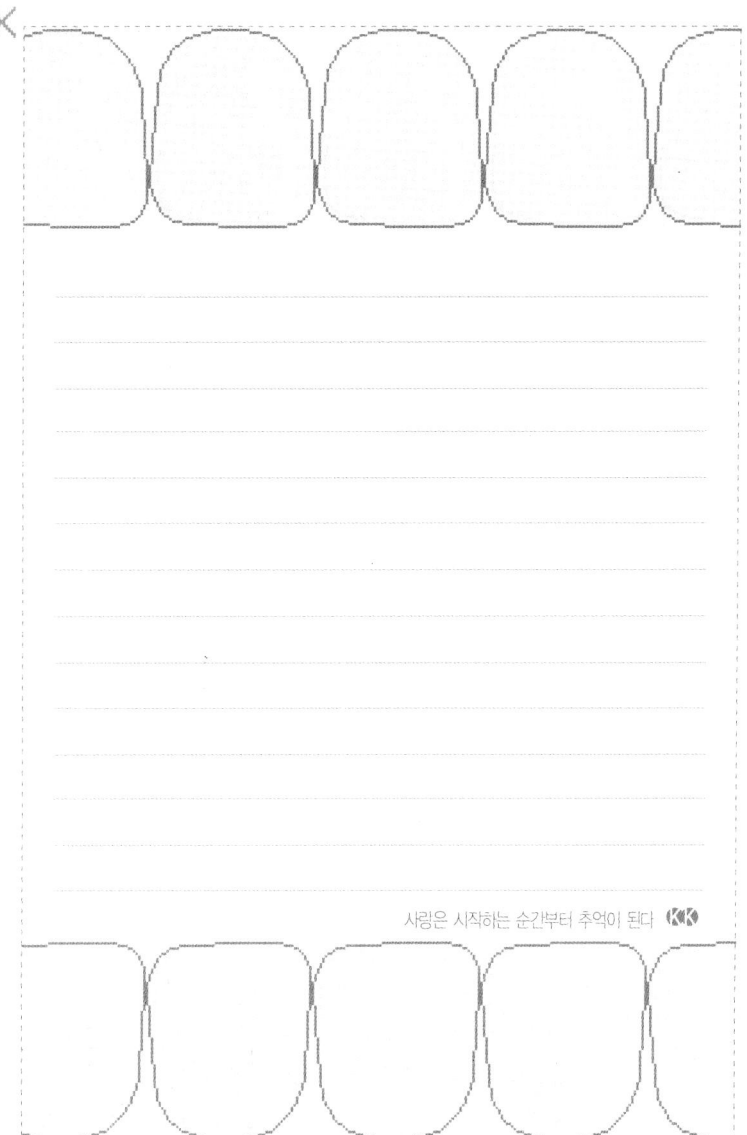

사랑은 시작하는 순간부터 추억이 된다

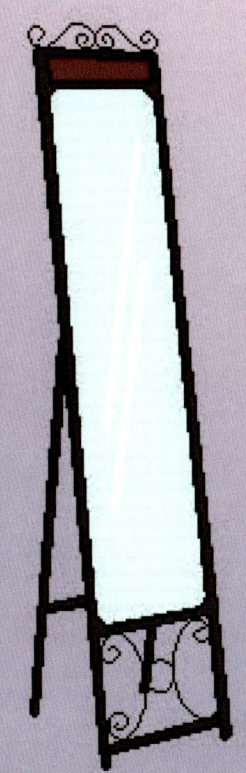

이별할때
목차

꽃은
피는 순간 부터 지는 것이고

사랑은
시작하는 순간부터 추억이 된다.

가장 힘든 사랑은… 추억을 사랑하는 것입니다

사랑은 시작하는 순간부터 추억이 된다

아름다운 사랑빛도

오랜 **시간**앞에서는

변색되기 마련이다

사랑할 땐 병을 주고, 이별할 땐 약을 주는
시간만큼 병 주고 약 주는 것이 또 있을까?

귀를 막아버리는 순간
이별은 시작된다

내 얘기 끝까지 들어요… 당신이 지금 오해하고 있는 거라니까요

사랑은 시작하는 순간부터 추억이 된다 KK

사랑의 진도가
빠르다고 생각되면

조심하자

속도가 빠른 만큼
상처 또한 클테니…

저도 이럴 줄 알았다면… 조심할 걸 그랬어요.

조심하자

사랑은 시작하는 순간부터 추억이 된다 KK

살려   주세   요
더   지금   우리   안에   갇혀있   요
당신   과 나
우리   라는   틀   안에...

지금은 뛰쳐 나갈 수 있다 하더라도 언젠간 스스로 돌아올 것을 알고 있습니다

KK

사랑은 시작하는 순간부터 추억이 된다

항상 함께 있어 좋을 수 만은 없다

그 사람의 향기를 느낄 수 있을지 모르지만

그 사람의 얼굴, 표정, 마음은

볼 수 없으니…

두 대의 자전거가 옆으로 이어진 커플용 자전거가 빨리 나왔음 좋겠습니다

사랑은 시작하는 순간부터 추억이 된다

사랑은 합의된 **구속**

'넌 이제부터 날 구속해도 돼…' 잘 포장된 구속, 그런게 사랑 아닐까?

사랑은 시작하는 순간부터 추억이 된다

깨끗하게 씻고
마지막
눈물 한 방울까지
남기지 말자

그래요… 오늘까지만 울고 다시 일어나자구요~~

KK

사랑은 시작하는 순간부터 추억이 된다 KK

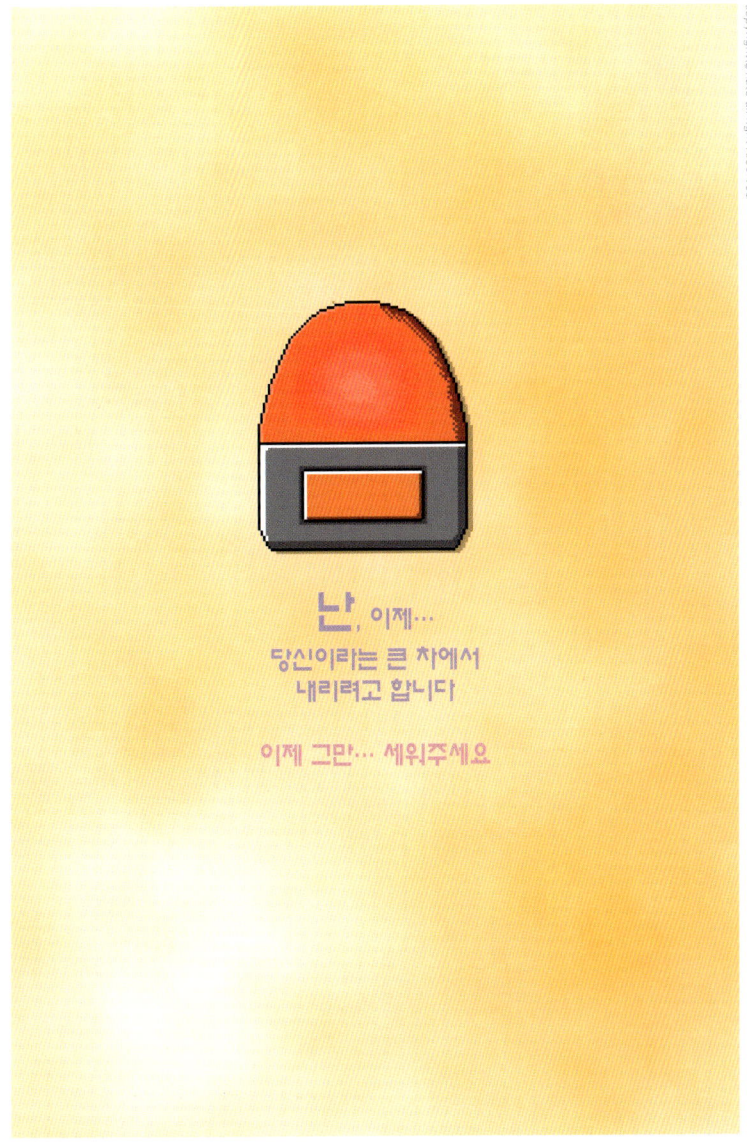

난, 이제…
당신이라는 큰 차에서
내리려고 합니다

이제 그만… 세워주세요

버스엔 많은 사람들이 타고 내립니다
정말이지 그 중의 한 사람이기는 싫었습니다

KK

나, 이제…
당신이라는 큰차에서
내리려고 합니다

이제 그만…
세워주세요

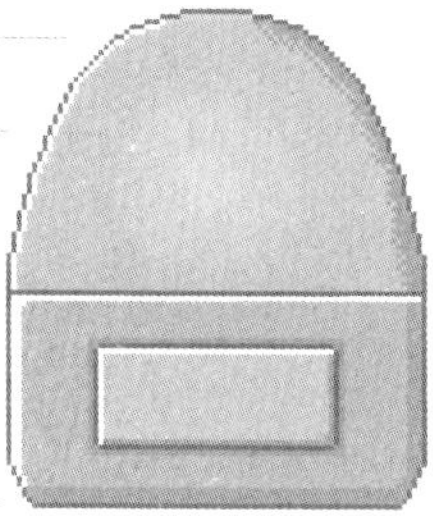

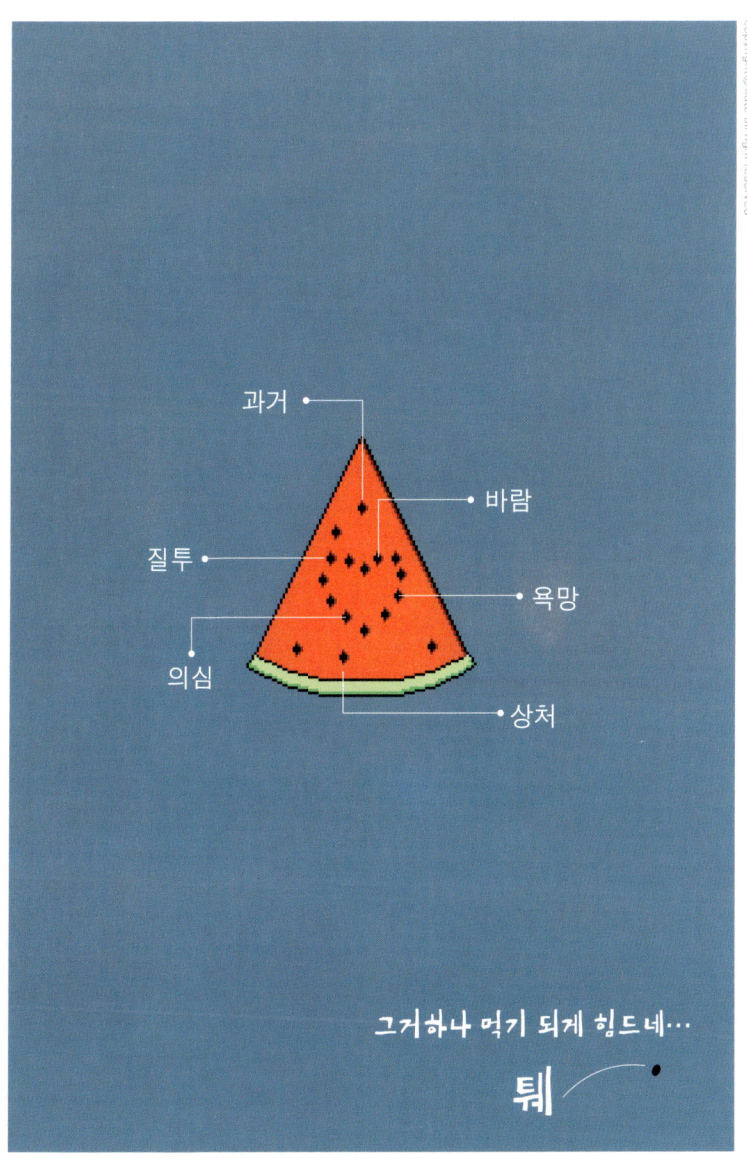

그거하나 먹기 되게 힘드네…

튀

원하는 것을 쉽게 갖을 수는 없겠죠? 사랑을 가볍게 보지 마세요

그거하나 여기 되게 힘드네…

퉤

우리 **사랑**이
영원할 것이라고 믿는 것은

사랑이란 원래
영원할 수 없다는 말과 같다

믿음이라는 말… 정말 믿을만 한지

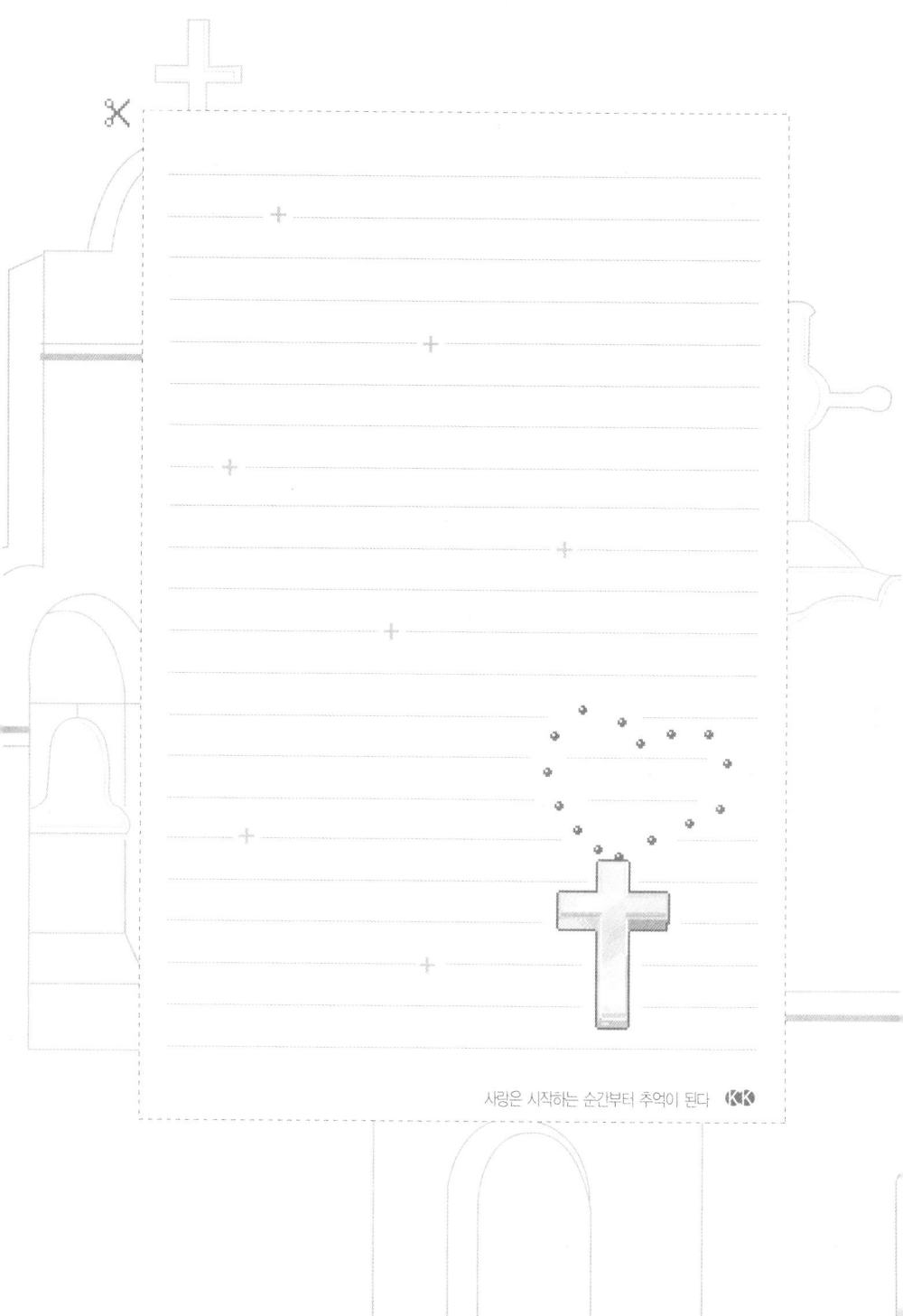

사랑은 시작하는 순간부터 추억이 된다

처음부터
너무 많은 사랑을 준 것은
당신 잘못입니다

지금도
그 사랑을 바라는 것은
제 잘못입니다

끝없이 많은 사랑을 주지 못할거라면
조금씩 조금씩 그 사랑을 나누어 주세요

KK

사랑은 시작하는 순간부터 추억이 된다 KK

뜯어질라, 찢어질라,
끊어질라, 구겨질라

그렇게 걱정되면

아무 것도 담지말자

또다시 상처 받을까, 또다시 마음 다칠까… 이렇게 걱정 할거면
차라리 사랑 같은 건 하지 말아요

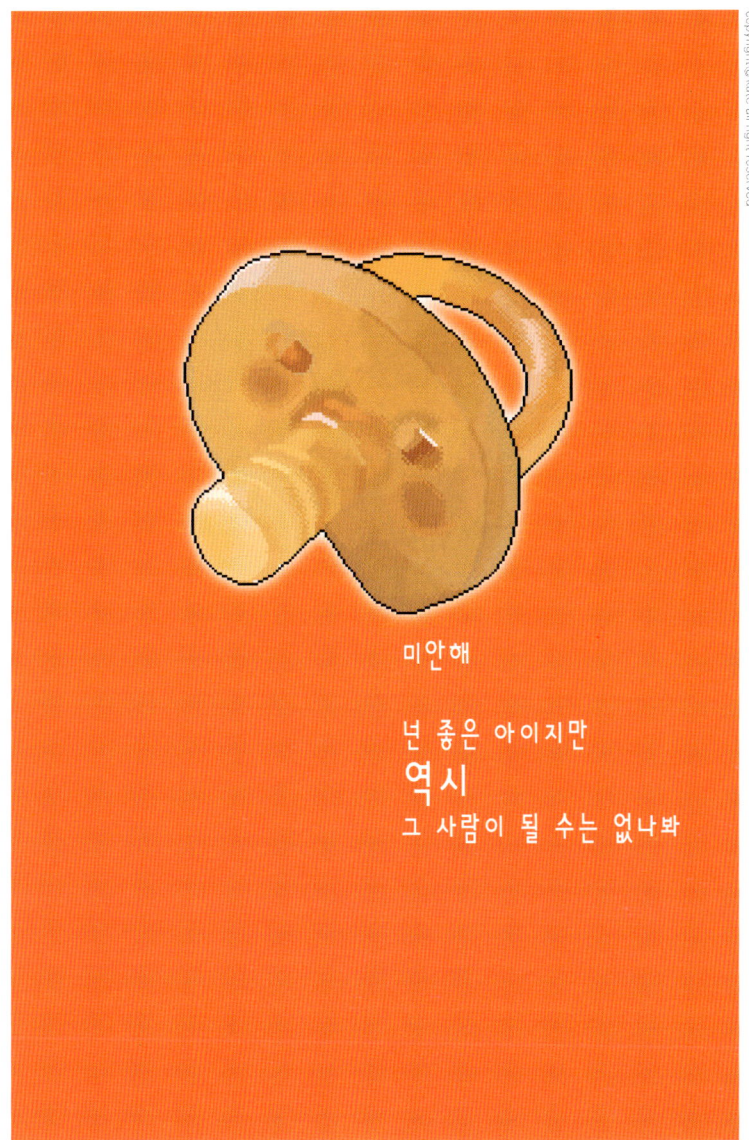

미안해

넌 좋은 아이지만
역시
그 사람이 될 수는 없나봐

그 무엇도 당신을 대신할 수 없습니다

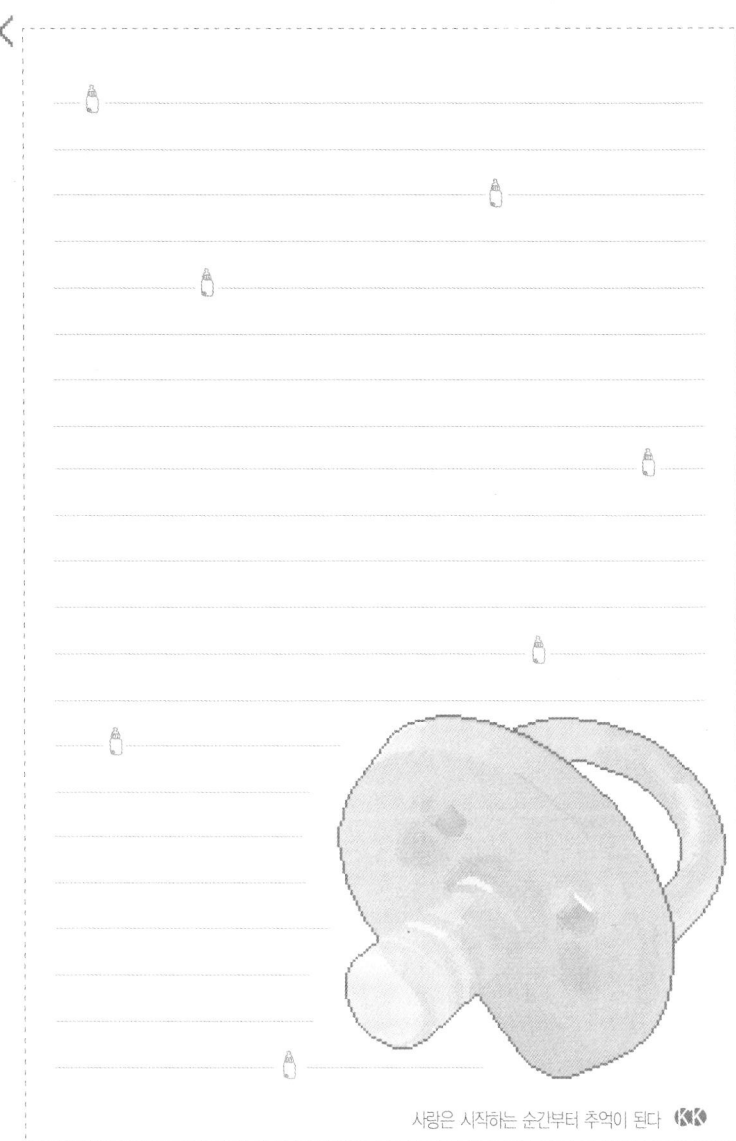

사랑은 시작하는 순간부터 추억이 된다 KK

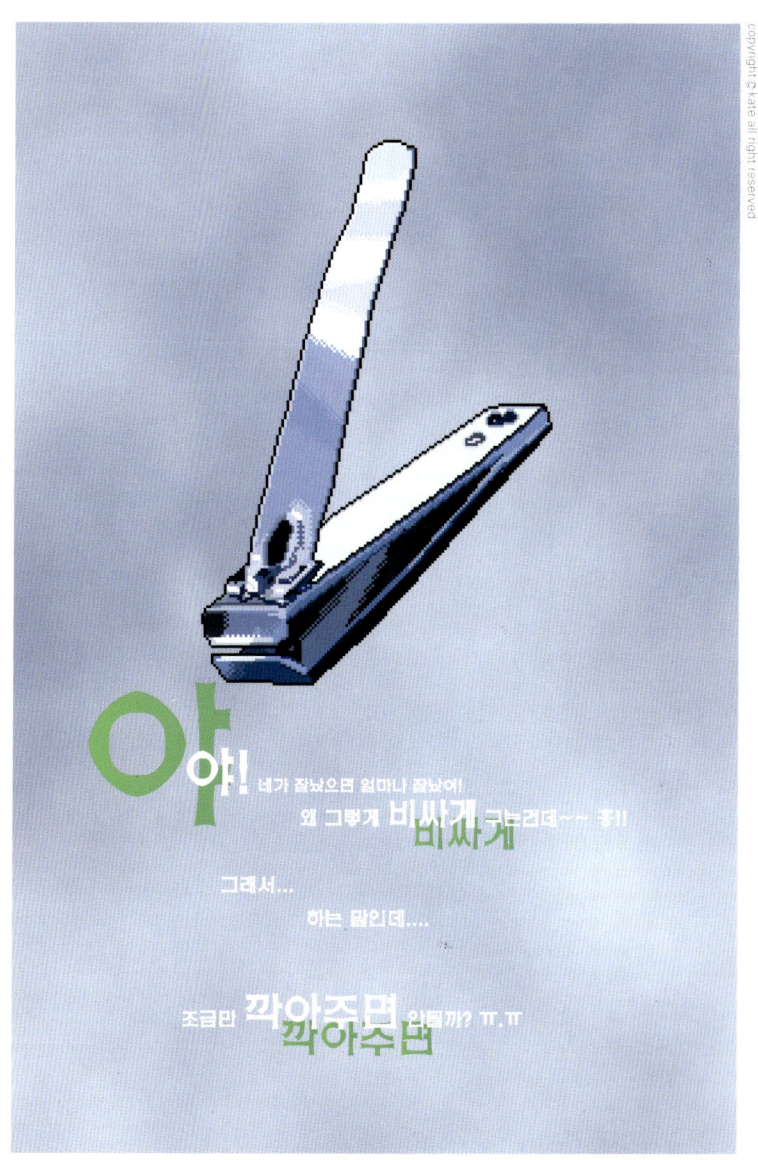

야! 네가 잘났으면 얼마나 잘났어!

왜 그렇게 비싸게 구느라데~~ 흥!!

그래서...

하는 말인데....

조금만 깍아주면 안될까? ㅠ.ㅠ
깍아주면

당신에게 나의 모든 것은 무료입니다^^

KK

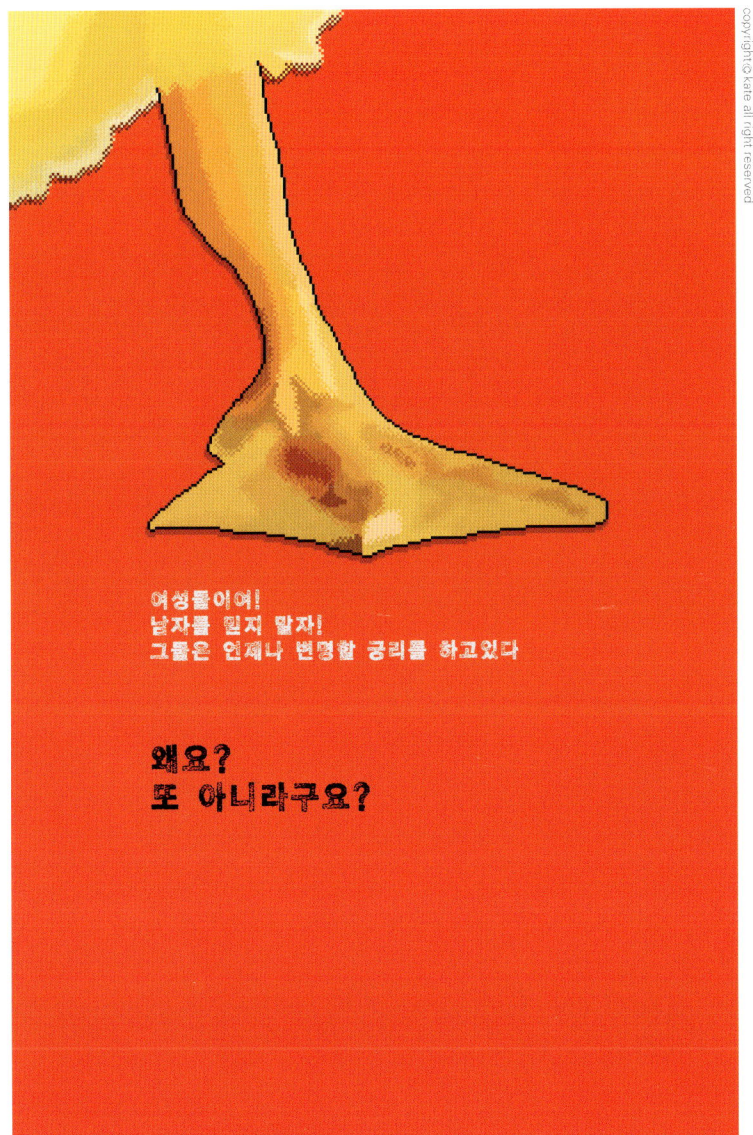

여성들이여!
남자를 믿지 말자!
그들은 언제나 변명할 궁리를 하고있다

왜요?
또 아니라구요?

이 세상에 믿을 것은 바로 나 자신 뿐입니다

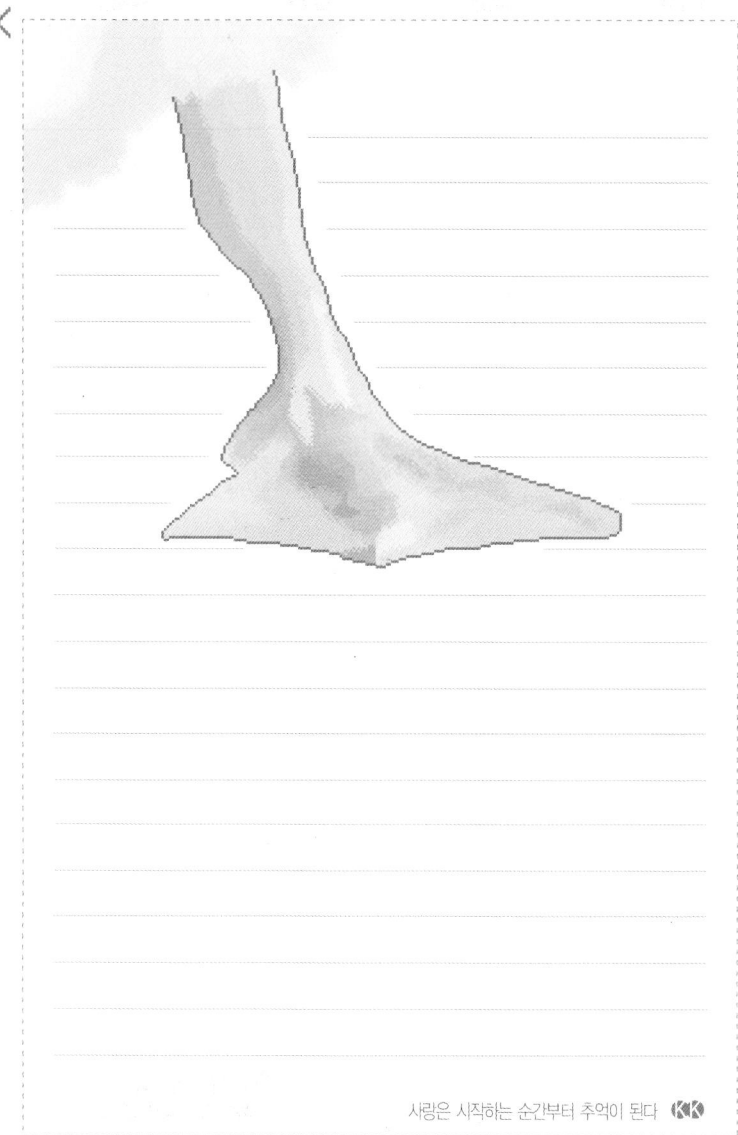

사랑은 시작하는 순간부터 추억이 된다

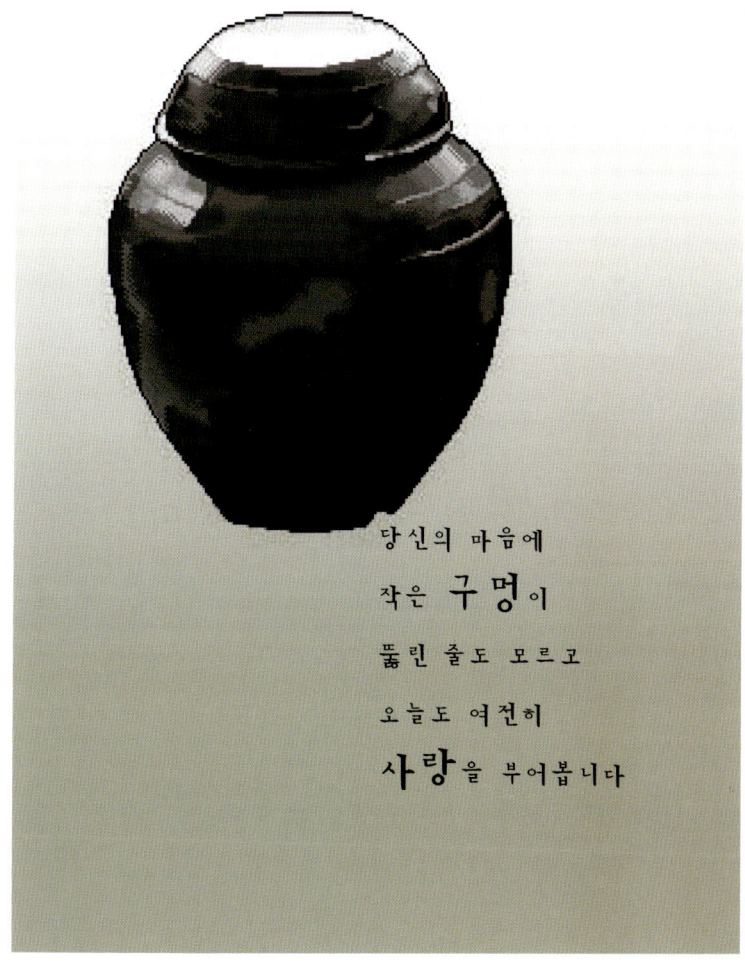

당신의 마음에
작은 **구멍**이
뚫린 줄도 모르고
오늘도 여전히
사 랑을 부어봅니다

작은 상처와 작은 오해가 이렇게 큰 상처를 줄지 그때는 알지 못했습니다

KK

사랑은 시작하는 순간부터 추억이 된다

사랑을 **맺**는 것보다
이별하는 것이
더
힘든 줄 몰랐어요

이제는 이별하는 것이 힘들어서… 사랑하는 것이 두렵습니다

KK

사랑은 시작하는 순간부터 추억이 된다

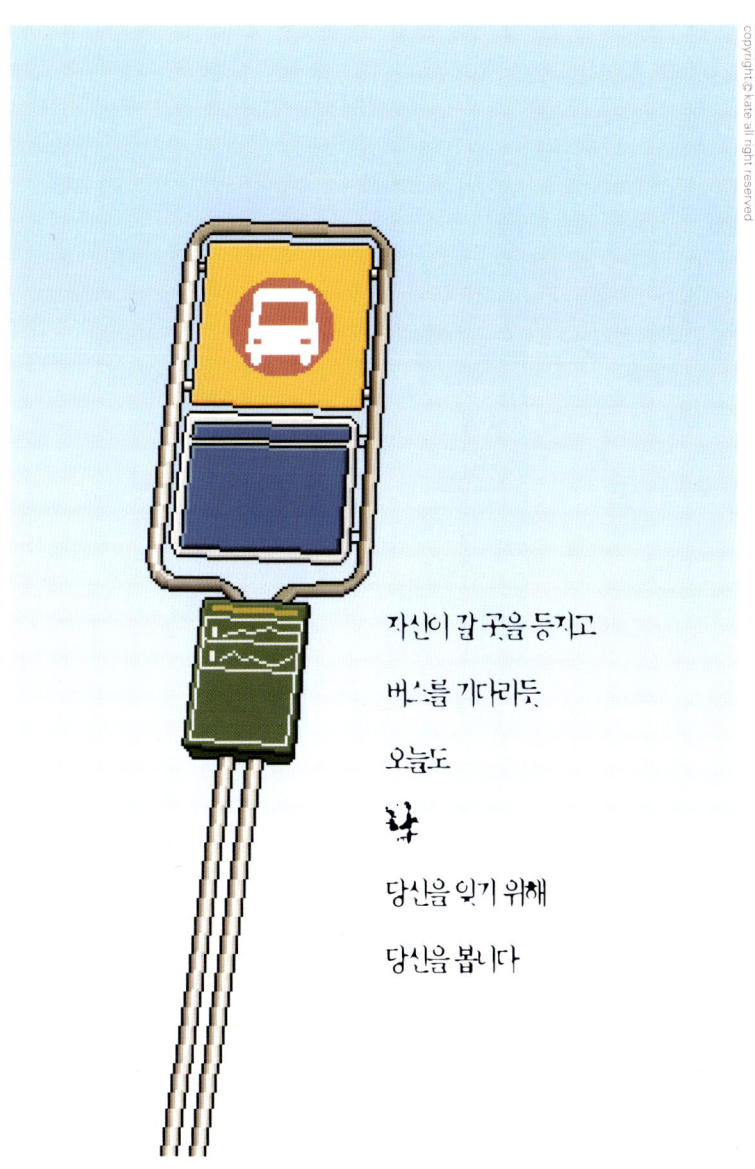

자신이 갈 곳을 등지고

버스를 기다리듯

오늘도

촉

당신을 잊기 위해

당신을 봅니다

오해하지 마세요
당신을 생각하는 것은 당신을 잊기 위한 마지막 수업입니다

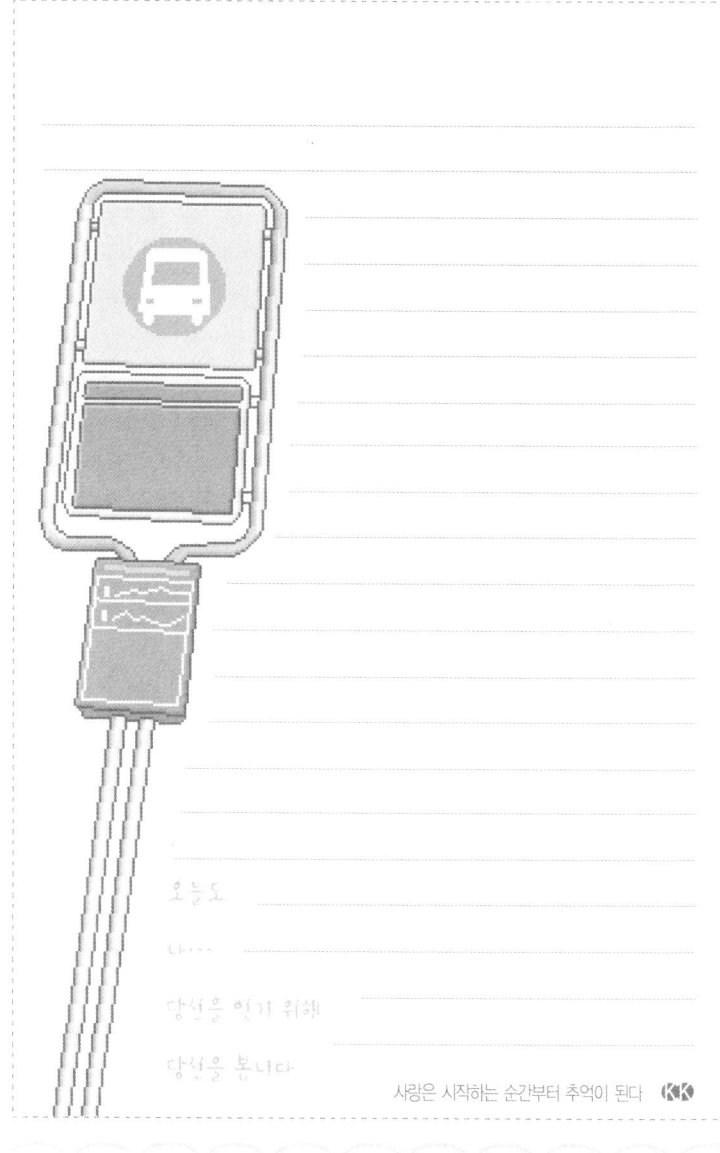

오늘도

나···

당신을 읽기 위해

당신을 봅니다

사랑은 시작하는 순간부터 추억이 된다 KK

너까지 왜그러니… 라고 말하는 것은
너에게는 지금 신경쓰고 싶지 않다는 말과 같습니다

너까지 왜그러니… 라고 말하는 것은
그동안 당신에게 신경쓰고 있지 않았다는 것과 같습니다

당신까지 정말 왜그래요…

'너에게 신경 쓸 정신이 없어…' 라고 말하는 것은
'나 지금 바빠' 라는 말과는 다르다

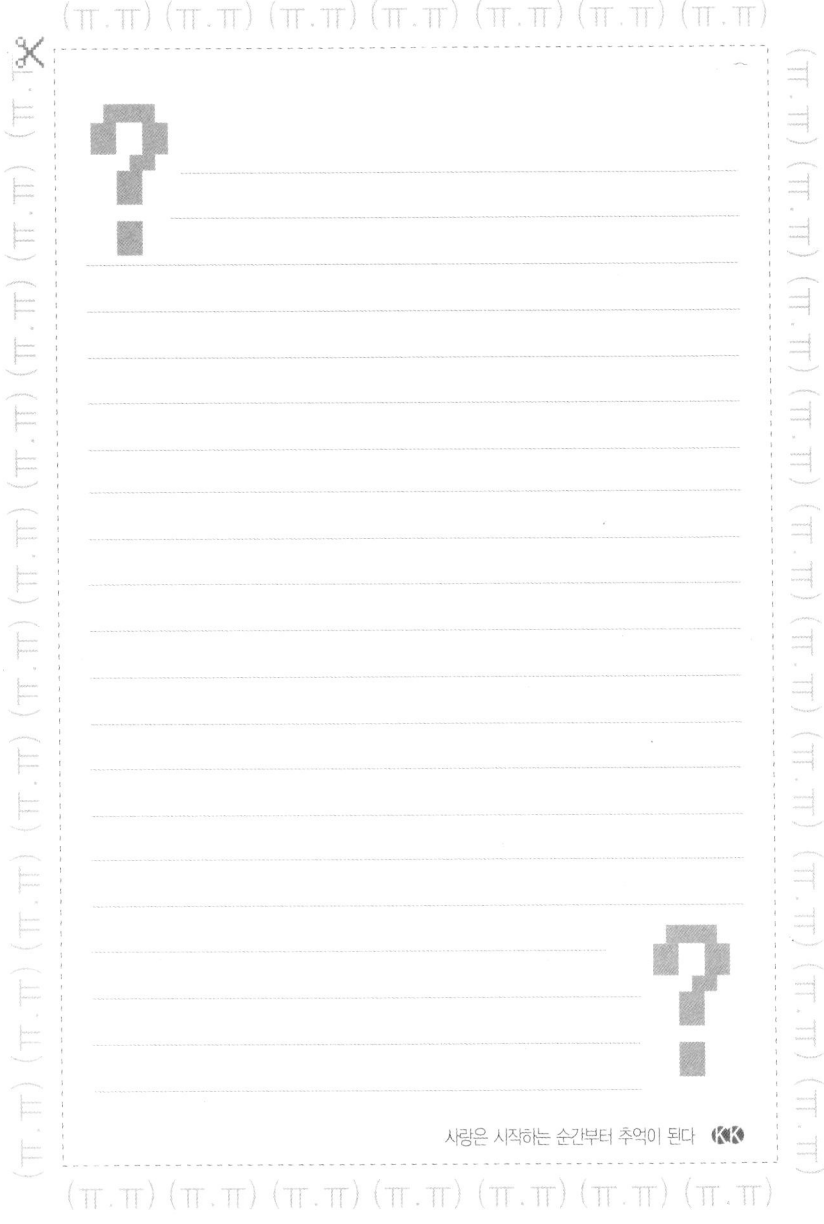

사랑은 시작하는 순간부터 추억이 된다

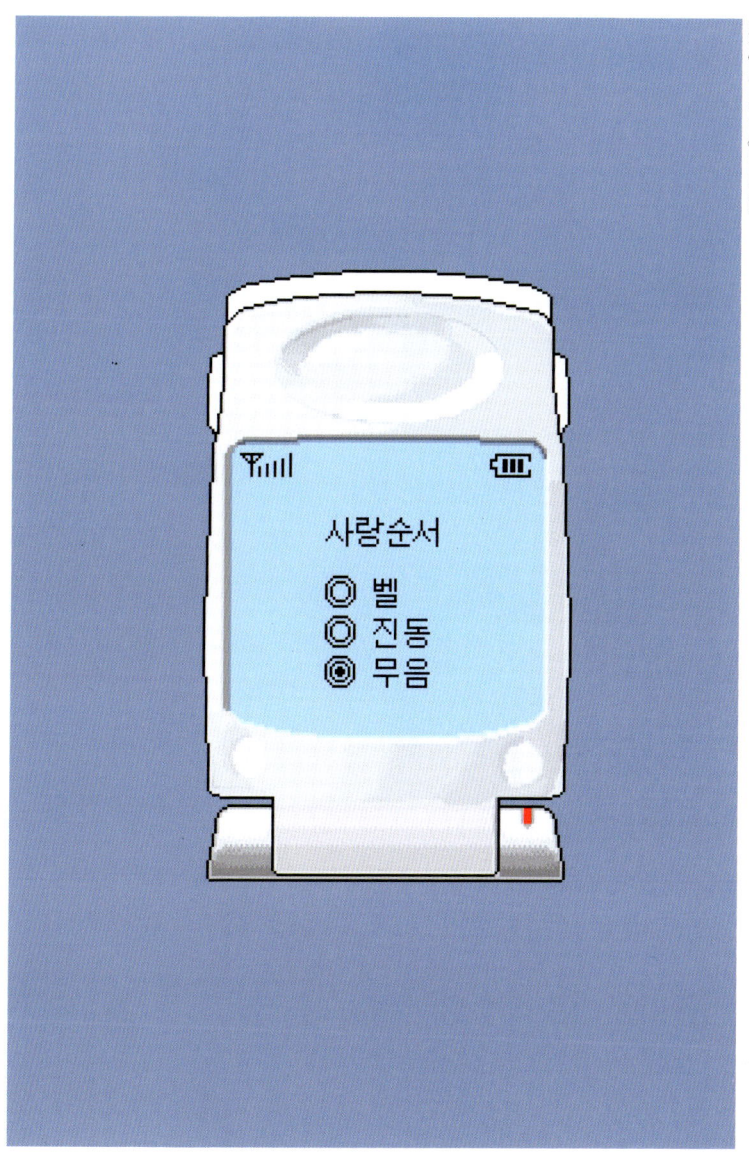

우리 사랑이 무음이 된 것 같아 속상하지만
당신을 사랑하는 나의 마음은 변함없습니다

사랑은 시작하는 순간부터 추억이 된다

우
리
같
이
죽
자

한숨을 쉬기 위해 담배를 피우는 사람도 있다죠?
　　　　담배 한 모금에 당신을 잊을 수 있다면 저도 한번 피워보고 싶습니다

사랑은 시작하는 순간부터 추억이 된다 **KK**

난
너에게
빼도
박도
못
하는
신세

그 사람과 다시 사랑에 빠질 수도, 영원히 잊을 수도 없는 것이 지금의 저의 모습입니다

KK

사랑은 시작하는 순간부터 추억이 된다 KK

그거아니?

폴라로이드 사진은 흔들면 안된데…
그냥 가만히 놔두어야 더 오래 남는다고 하던데!?

그거아니?

우리도 그렇게 서두르지만 않았어도
지금보다 더 오래 사랑할 수 있었을텐데…

서두르지 말고… 지금 이 순간을 음미하자   KK

사랑은 시작하는 순간부터 추억이 된다 KK

모진 말을 한 것도,
상처주는 말을 한 것도,
널 힘들게 한 것도 난데

왜 내가 이렇게 아픈거니

당신보다 내가 더 아프다는 사실… 당신은 아는지 모르는지…

사랑할 땐 잊어버리고 있다. 우린 원래 다르다는 것을
사랑할 땐 착각하고 있다. 우린 영원히 하나일 거라고

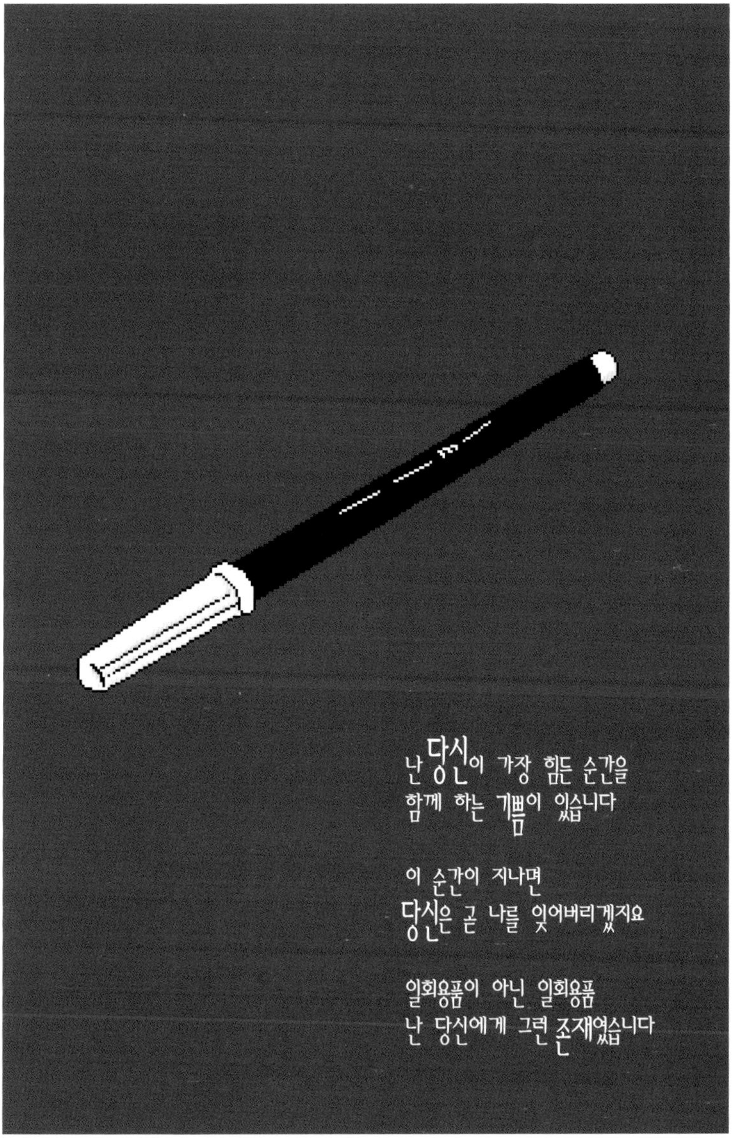

난 당신이 가장 힘든 순간을
함께 하는 기쁨이 있습니다

이 순간이 지나면
당신은 곧 나를 잊어버리겠지요

일회용품이 아닌 일회용품
난 당신에게 그런 존재였습니다

시험을 보고 난 후 컴퓨터용 사인 펜을 챙기는 사람이 있을까?
난 정말 당신에게 그런 존재였나요?

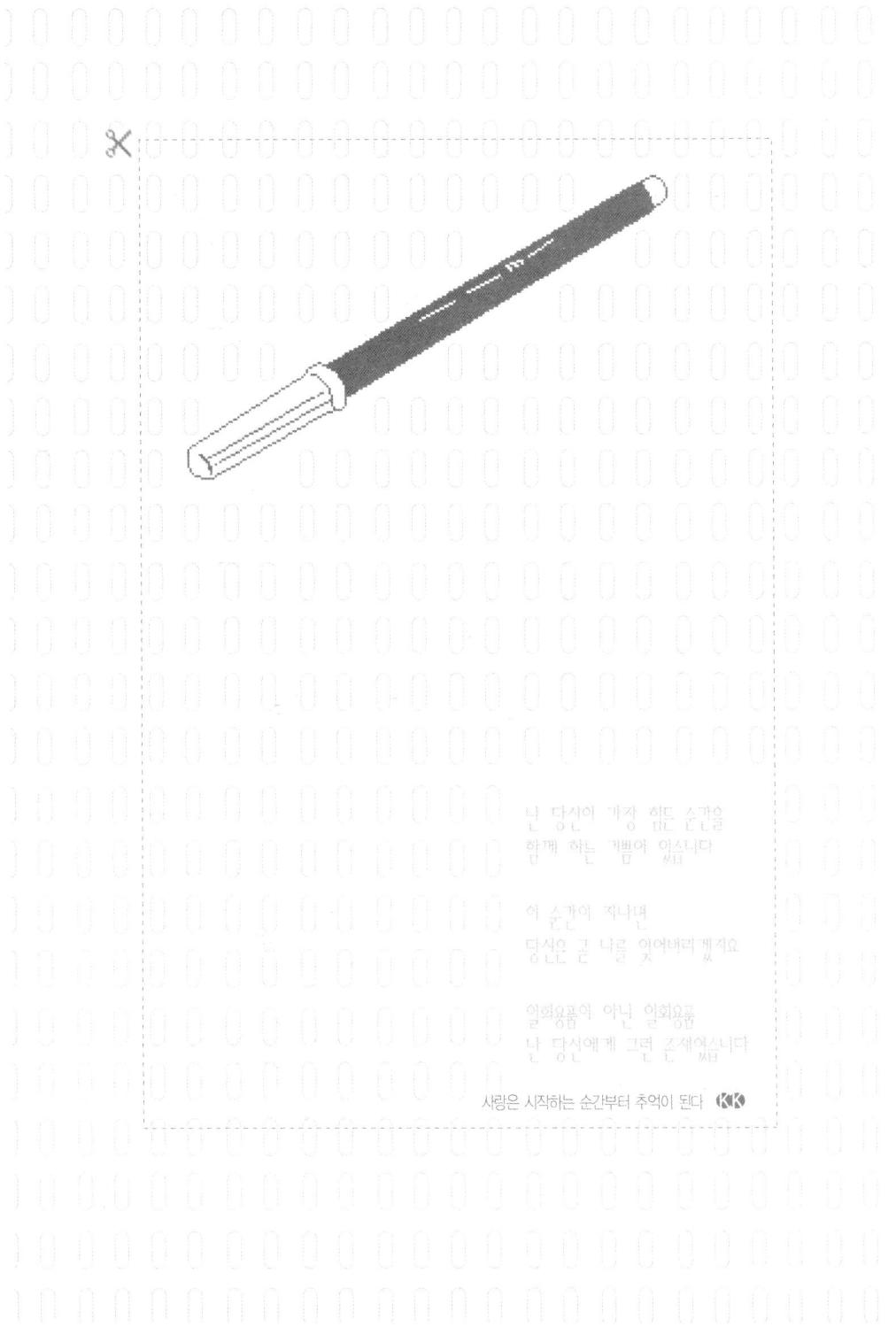

난 당신이 가장 힘든 순간을
함께 하는 기쁨여 있습니다

이 순간이 지나면
당신은 곧 나를 잊어버리게 되죠

일회용품이 아닌 일회용품
난 당신에게 그런 존재였습니다

사랑은 시작하는 순간부터 추억이 된다 KK

사랑을 유지하기 위한
최후의 무기는
바로

·

·

·

·

·

·

내 몸이다

내 몸을 다 주고라도 당신과의 사랑을 이어가고 싶었습니다

사랑은 시작하는 순간부터 추억이 된다 KK

휙~~ off side!

난 준비되어 있지도 않는데
이별이라니
이건
반칙이야!

당신과 내가 만든 사랑의 rule이 깨지는 순간입니다

KK

사랑은 시작하는 순간부터 추억이 된다 KK

당신을 알기에는 내가 너무 부족했을까?

사랑은 시작하는 순간부터 추억이 된다 KK

AM 04:30
수많은 택시들이 이 시간에 영업을 했겠지만
당신을 태운 택시는 한 대도 없었습니다

당신을 기다리며 원망도 많이 하겠지만
그래도 끝까지 그 자리에 기다리고 있겠습니다

KK

수 많은 택시들이 이시간에 영업을 했겠지만

당신을 태우 택시는 한 대도 없었습니다

사랑은 시작하는 순간부터 추억이 된다 KK

일방적인 사랑은
소음일 뿐이다

시끄러워요… 이제 그만해요… 당신이 아무리 말해도 내 마음은 돌아서지 않아요   KK

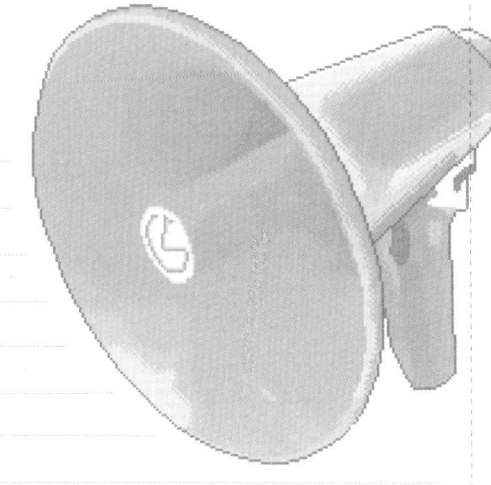

사랑은 시작하는 순간부터 추억이 된다 KK

그리워할때
목차

불가사이란 없어다
그렇게 상처 받고도
또 다른 사랑을 할 수 있다는 것은···

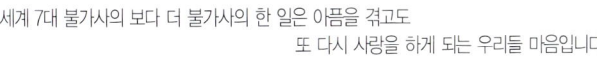

세계 7대 불가사의 보다 더 불가사의 한 일은 아픔을 겪고도
또 다시 사랑을 하게 되는 우리들 마음입니다

사랑은 시작하는 순간부터 추억이 된다 KK

추억은··· 사랑을 **뻥**튀기 한다

추억은 사랑을 더욱 살찌웁니다. 그러나 추억은 아무리 먹어도 배부르지 않죠^^

KK

사랑은 시작하는 순간부터 추억이 된다

울리는 전화는 소식을 준다.
울리지 않는 전화는 외로움을 준다.

삐삐가 없던 시절에도… 핸드폰이 없었던 시절에도… 이렇게 외롭지 않았던 것 같습니다

마침표를 찍기전에

쉼표`를 먼저 찍자

짧은 생각이 후회를 만듭니다… 그러니, 잠시 쉬어보세요

KK

사랑은 시작하는 순간부터 추억이 된다 KK

야!

이 돌머리야!!
나도 널 좋아한단 말야!

평소엔 똑똑한 척 하더니, 이럴 땐 꼭 바보 같습니다

사랑은 시작하는 순간부터 추억이 된다

절실한 기다림이란
파리소리가 진동소리처럼
크게 느껴지는 것

사랑은 시작하는 순간부터 추억이 된다 KK

발신자 정보 없음
3/31 [일] 2 : 14 p

잊고 있다가도…
생각이 난다…

그… 사‥ 람‥ 일……까‥?

부재중 전화에 가슴 떨리는 것은, 아직도 그 사람을 잊지 못한다는 증거 입니다
아직… 가슴 떨리시나요?

가장 흔한 것이 신문 처럼 보이지만
하루가 지나면 구하기 힘들어지는 것도 신문이다

가장 흔한 것이 사랑처럼 보이지만
시간이 흐르면 힘들어지는 것도 사랑이다

당신과 함께 보낸 시간은 이제 다시 돌아오지 않겠지요…

사랑은 시작하는 순간부터 추억이 된다 KK

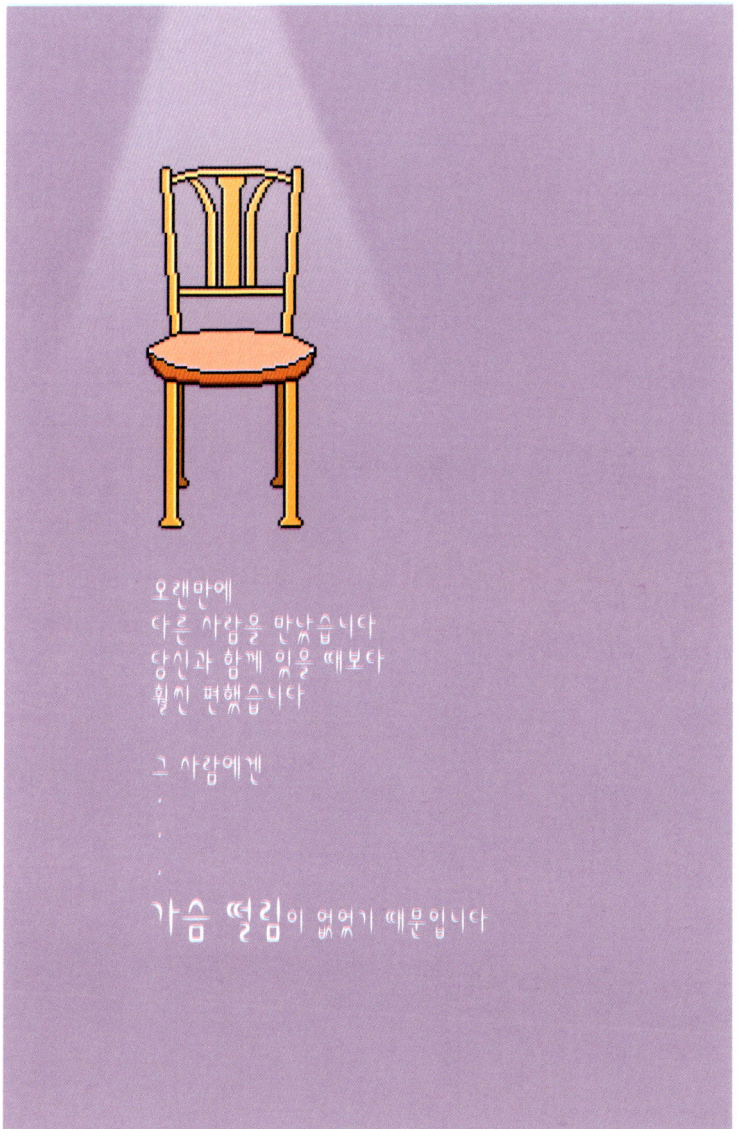

오랜만에
다른 사람을 만났습니다
당신과 함께 있을 때보다
훨씬 편했습니다

그 사람에겐
. . . .

가슴 떨림이 없었기 때문입니다

사랑은 사랑으로 치료할 수 밖에 없다는데,
당신이 아닌 다른 사람들에게는 약효가 없어서 큰일입니다

KK

사랑은 시작하는 순간부터 추억이 된다 KK

지금 우리는 헤어져 있지만
우리가 운명이라면
언제가는
다시
만나게 될 것입니다

운명을 믿으세요? 그럼… 우리 한번 기다려 볼까요?

당신은
내마음의
단…골…손…님

그래서, 나 오늘도 당신을 기다립니다

평생 한곳만을

바라보면서도

항상 미소짓고 있는 당신

당신은

나의 스승 입니다

당신이 그 곳에 없어도, 저는 그 곳만을 바라보겠습니다

사랑은 시작하는 순간부터 추억이 된다 **KK**

언제 다시 그 사랑을 느낄 수 있을까요

KK

사랑은 시작하는 순간부터 추억이 된다 KK

죽어가는 짧은 순간
생각나는 사람이
그 사람이 아니라면
헤어져도 좋다

세상이 끝나는 마지막 날까지… 당신만을 생각하겠습니다

KK

사랑은 시작하는 순간부터 추억이 된다 KK

기다림이란, 쓸데없는 감정
기다림을 버리려면
핸드폰을 버려라
이메일을 버려라
이사를 가라
·
·
·
그 사람을 잊어라

그 사람을 잊기 위해 나 자신을 잊고 있는 건 아닌지… 한번 생각해 보세요

술은

당신을
잊기위한
최고의

처방전

마시면 마실수록 당신이 자꾸 미워져 버리니
술은 역시 이별의 처방전인가 봅니다

사랑은 시작하는 순간부터 추억이 된다 (KK)

너와의 상큼했던 추억

영원히 가슴속에 담아둘게

너무 깊숙하지 않은 곳에… 그 곳에… 그렇게 담아 두겠습니다

KK

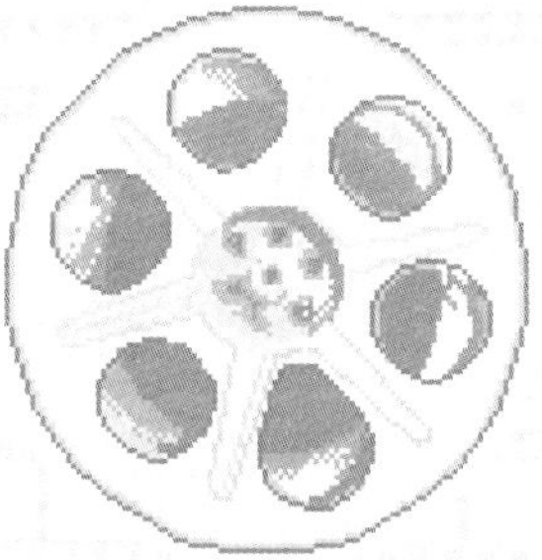

사랑은 시작하는 순간부터 추억이 된다 (K)(K)

왜 수정액은 화이트밖에 없나요

당신과 즐겨먹던 떡볶이는 빨간색인데
당신과 함께 입던 커플티는 회색인데
당신과 함께 맞춘 반지는 노란색인데
당신과 행복했던 기억은 분홍색인데

왜 수정액은 화이트밖에 없나요···

당신과의 추억을 잊으려면 꽤 많은 색의 화이트가 필요할 것 같습니다

사람들의 시선

그들의 마음

사실은 나 말이예요…
당신이 생각하는 것보다 훨씬 더 힘이 들어요

우리의 웃음엔 슬픔이 녹아 있습니다. 우리의 농담엔 뼈가 박혀 있습니다
우리의 슬픔을 과소평가 하지 마세요

사실은 나 말하세요···
당신이 생각하는 것보다 훨씬 더 칭이 들어요

당신의 충전기가
있는곳에 머물고 싶습니다
그곳이
잠시라도 당신이 머무는 곳
이기 때문이죠

당신의 충전기는 어디에 있나요? 충전기는 당신이 있는 곳의 표시등 입니다

사랑은 시작하는 순간부터 추억이 된다 KK

사랑한단 말을 **듣기**보다

사랑한단 말을 **하고싶다**

당신을 너무너무 사랑합니다··· 이 말을 꼭 하고 싶었습니다

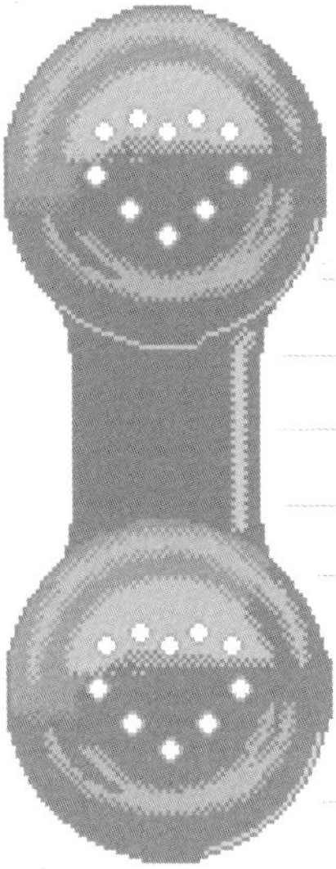

사랑은 시작하는 순간부터 추억이 된다

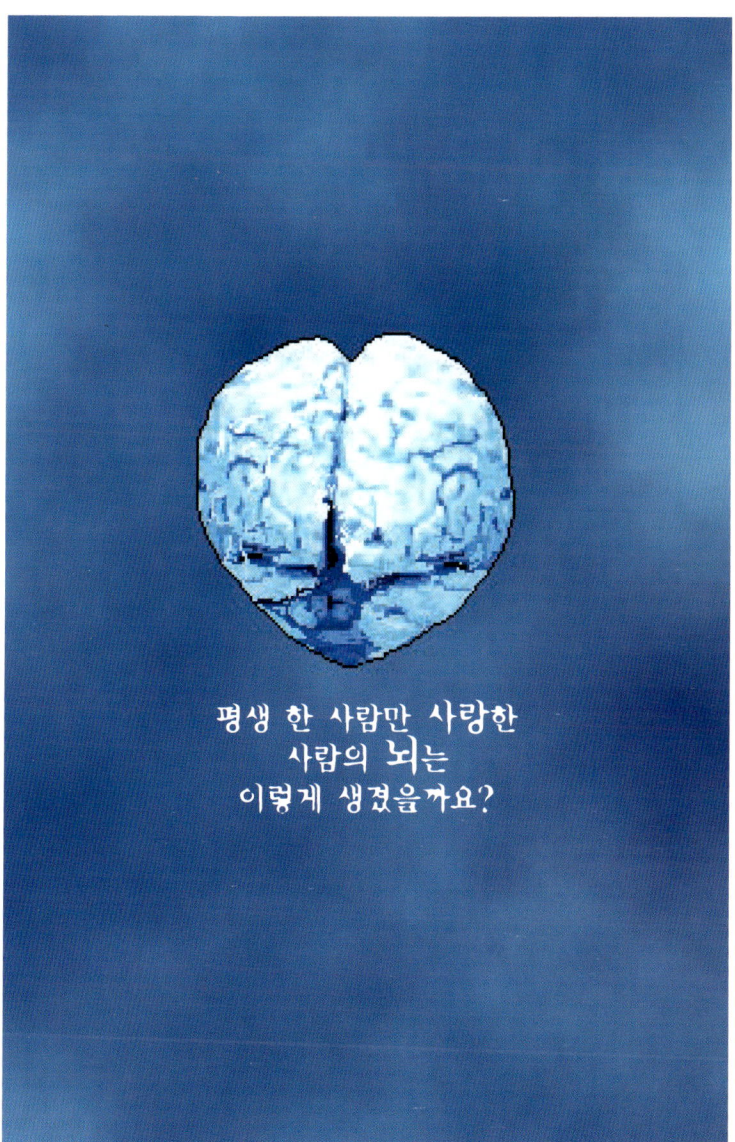

평생 한 사람만 사랑한
사람의 뇌는
이렇게 생겼을까요?

내가 죽고 나서, 아마도 그 사람만 생각한 흔적이 남아 있을 것입니다

평생 한 사람만 사랑한
사람의 **뇌**는
이렇게 생겼을까요?

사랑은 시작하는 순간부터 추억이 된다 **KK**

우리가 함께 쓴 편지 30g
우리가 함께 본 영화티켓 1 큰술
우리가 함께 마신 알코올 1/2작은술
우리가 함께 나눈 반지 2개
우리가 함께 맞던 눈 250g

그런데도 우리 사랑맛이 짠 이유는

.

.

.

너를 그리며 흘린 나의 눈물 때문이야

당신을 생각하며 얼마나 더 많은 눈물을 흘려야 하나요

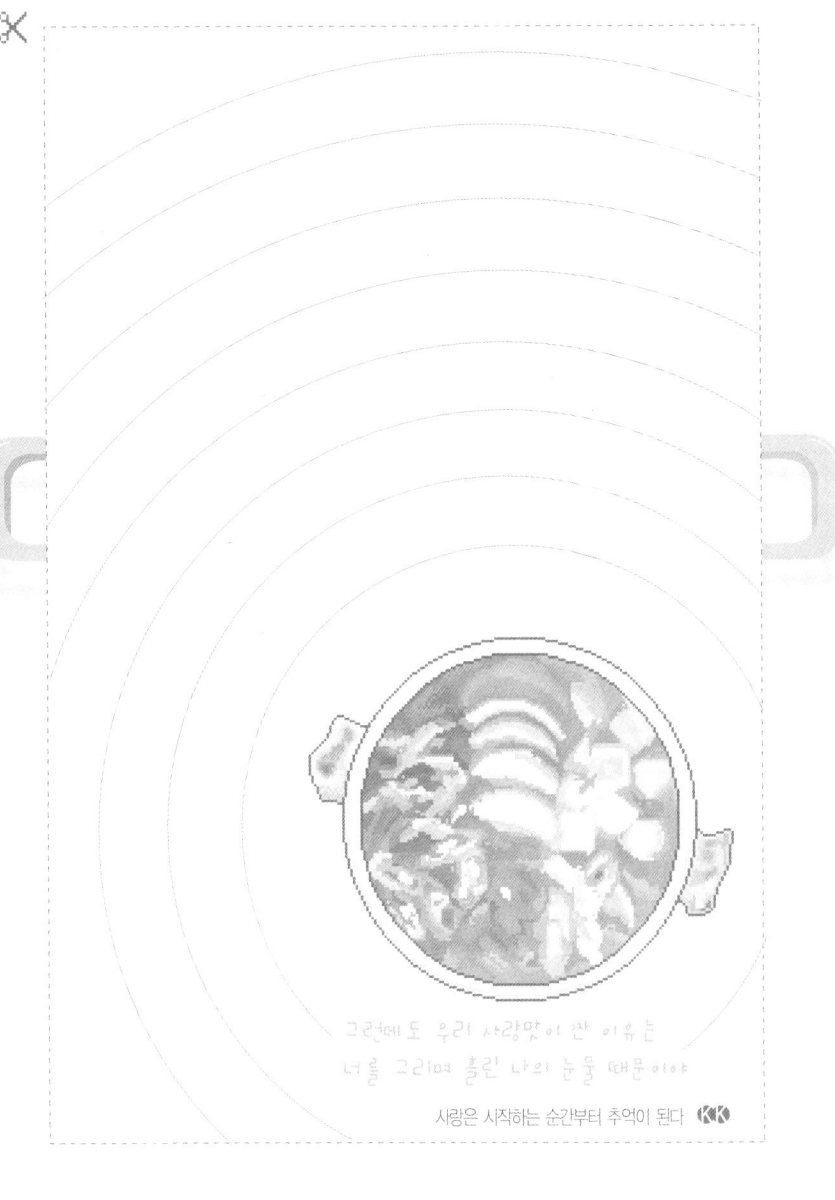

그런데도 우리 사랑맛이 짠 이유는
너를 그리며 흘린 나의 눈물 때문이야

사랑은 시작하는 순간부터 추억이 된다 KK

방음되었으면 좋겠습니다
사랑한다고 말하고 싶은 내 마음
방음 되었음 좋겠습니다

그리고 보면
당신의 마음은
방음이 참 잘 되어 있군요

분명 짝사랑은 아닌데, 당신을 사랑하는 내 마음을 왠지 들키고 싶지 않습니다

KK

사랑은 시작하는 순간부터 추억이 된다 **KK**

복사 중...

나

당신

당신폴더로 복사중...

취소

103526초 남았습니다

왜 이렇게 오래 걸리는 걸까요?
당신에게 내 마음을 전하기가…

당신에게 내 마음을 다 보내기도 전에 취소를 해야하는 내마음을 당신은 아는지 모르는지…

쓰러질 줄 알면서도
예쁘게 성을 쌓는다
지워질 줄 알면서도
예쁘게 글씨를 쓴다

알면서도 공을 들이는 것
그런게 사랑일까?

그래도 아직까지 공을 드릴 사랑이 있다는 것은 행복한 일입니다

사랑은 시작하는 순간부터 추억이 된다

사랑할때
목차

아무리 **힘들어도,**
다쳐도,
던져져도,
넘어져도

당신이 날 **안고** 있으니
세상에서 가장 **행복**하네…

축구공은 차기에, 야구공은 치기에 바쁩니다. 럭비공이 그래서 부럽습니다

KK

아무리 힘들어도,
다쳐도,
던져져도,
넘어져도

당신이 날 안고 있으니
세상에서 가장 행복하네...

사랑은 시작하는 순간부터 추억이 된다

나에게
귀를 맡기는 사람은
나를 믿는 사람

내가
귀를 맡기는 사람은
내가 믿는 사람

나
귀 좀 파줄래?

당신이 귀를 맡기는 사람은 누구입니까?

KK

사랑은 시작하는 순간부터 추억이 된다 KK

값비싼 선물보다

화려한 이벤트보다

당신이 씌워주는

비스듬한 우산에서

따스한 사랑을 느낍니다

삐딱한 눈, 삐딱한 마음, 삐딱한 행동, 삐딱해서 좋은건 당신이 씌워주는 우산 뿐입니다

심장이 너무 두근거려서 걱정이예요
숨을 제대로 쉴 수 없어 걱정이예요
당신을 제대로 볼 수 없어 걱정이예요

하지만 더 걱정이 되는건요

심장 박동수도 정상으로 돌아오고
숨도 제대로 쉬면서
당신 얼굴을 볼 수 있게 될까봐

그것이 제일 걱정이예요

사랑하는 마음과 걱정하는 마음은 정비례 하나 봅니다   KK

걱정

사랑과 우정

사랑과 일

사랑과 가족
·
·
·
사랑을 하려면
둘 중 하나는 포기하자

어느 것 하나 포기하지 않고서 사랑을 이룰 수 있을까요?

당신이 선물한 mp3 Player로
나의 가방이 가벼워졌을거라고 생각하지 마세요

가벼워진 가방의 무게만큼
당신에 대한 사랑의 무게는 배로 늘었으니까요

당신에 대한 사랑의 무게는 그 어떤 것으로도 잴 수 없습니다

KK

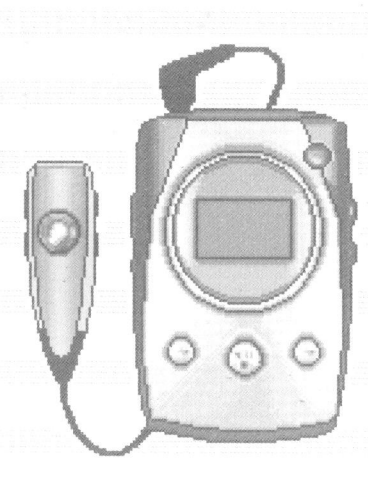

사랑은 시작하는 순간부터 추억이 된다 KK

난 너에게
성적性的으로 이끌려
열렬히 좋아하는
마음의 상태가 생겼어

사랑 고백은 천차만별 일지라도 사랑하는 마음은 모두 같지 않을까요?

KK

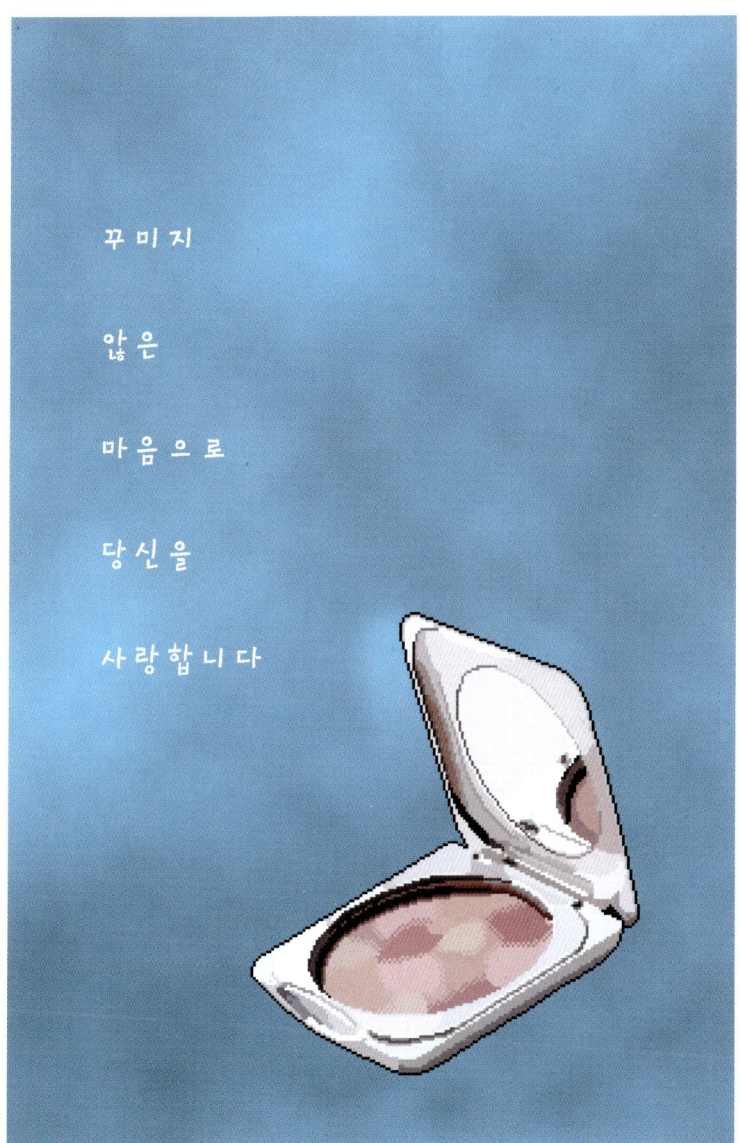

꾸미지

않은

마음으로

당신을

사랑합니다

순수한 우리의 사랑이 영원했음 좋겠습니다

사랑은 시작하는 순간부터 추억이 된다 KK

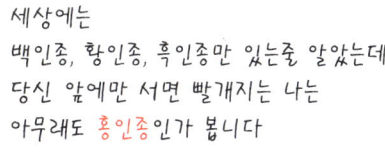

세상에는
백인종, 황인종, 흑인종만 있는줄 알았는데
당신 앞에만 서면 빨개지는 나는
아무래도 홍인종인가 봅니다

잊혀진 줄 알았던 나의 순수함… 이 느낌… 영원히 간직하고 싶습니다

KK

맛있는 사랑을 하려면 **뜸** 들이자!

참아야 하느니라~^^ ; 참을성 있는 사람이 더 큰 사랑을 얻을 수 있습니다

사랑은 시작하는 순간부터 추억이 된다 KK

밥을 먹을 수가 없어요
생각만해도 배부른걸

몇조각의 피자보다
맛있는 스파게티보다

당신이 웃어주는 따스한 미소가
세상의 그 무엇보다
맛있는걸...

이 세상에서 아무리 봐도 질리지 않는 것은 당신의 미소입니다

KK

밥을 먹을 수가 없어요
성격만여도 배부른걸

맛은 기억 의하날과
맛있는 스파게티보다

당신이 맛있는 **따스한 미소**
색상보 그 무엇보다
맛있는걸

사랑은 시작하는 순간부터 추억이 된다 **KK**

사랑은 보이는 것 보다
가까이에 있습니다

지금 당신의 주위를 바라보세요… 가까운 곳에 사랑이 미소짓고 있을지도 모릅니다

KK

사랑은 보이는 것 보다
가까이에 있습니다

앞으로 우리가 얼마나 많은 이름을 함께 할 수 있을까요?

KK

당신을
사랑하는
나의
마음은
끝이 없습니다

끝이 없이 이어지는 뫼비우스의 띠처럼 끝없는 마음으로 당신을 사랑합니다

당신을 사랑하는
나의 마음은 끝이 없습니다

사랑은 시작하는 순간부터 추억이 된다 KK

남자들이여!
과식하지 말자!

평생 한 남자가 먹는 립스틱이 7개나 된다는데… 그 립스틱이 모두 한 여자 것이라면 좋겠습니다 KK

남자들이여!
과식하지 말자!

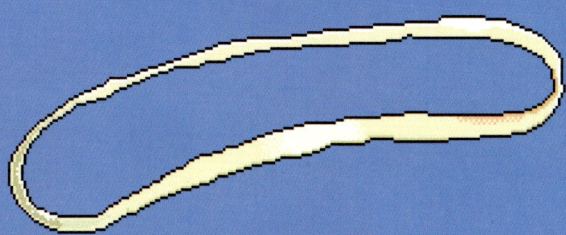

누군가는 그래요
사랑이란 말 자주 하는게 아니래요
사랑한단 표현도 자주 하는게 아니래요
가끔 한번은 튕기고, 상처주고
서로 밀고 땡겨야 한데요

·
·
·

이 말에 끄덕이는 **당신**
정말 사랑을 알고나 있는 거예요?

나는 밀고 땡길 줄 모릅니다. 튕길 줄도 모릅니다. 그래서 그런지 쉽게 질리는 모양입니다

남자와 **남자**의 사랑

남자와 **여자**의 사랑

섹스 방법 이외에 뭐가 다를까?

무턱대고 동성연애를 비난하고 싶지 않습니다
세상에는 혹시 영화 '번지 점프를 하다' 처럼 슬픈 사연도 있을 테니 말이죠

KK

사랑은 시작하는 순간부터 추억이 된다

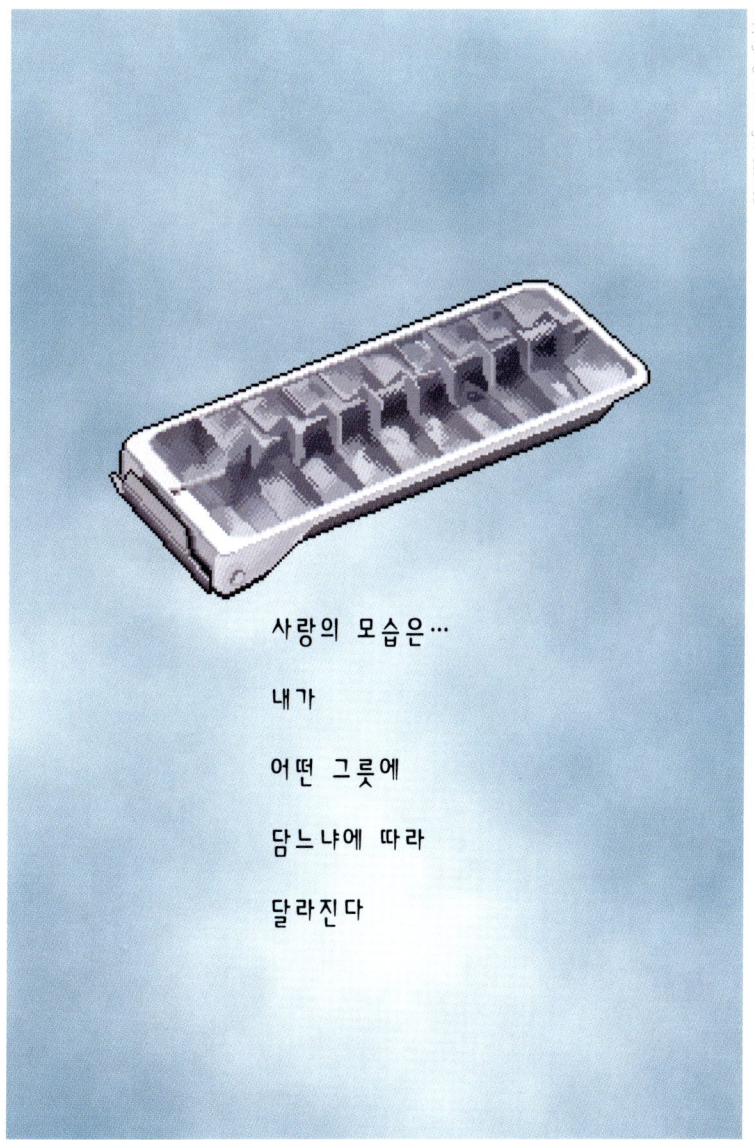

사랑의 모습은…

내가

어떤 그릇에

담느냐에 따라

달라진다

예쁜 사랑을 하려면… 예쁜 그릇에 담으세요

사랑은 시작하는 순간부터 추억이 된다 KK

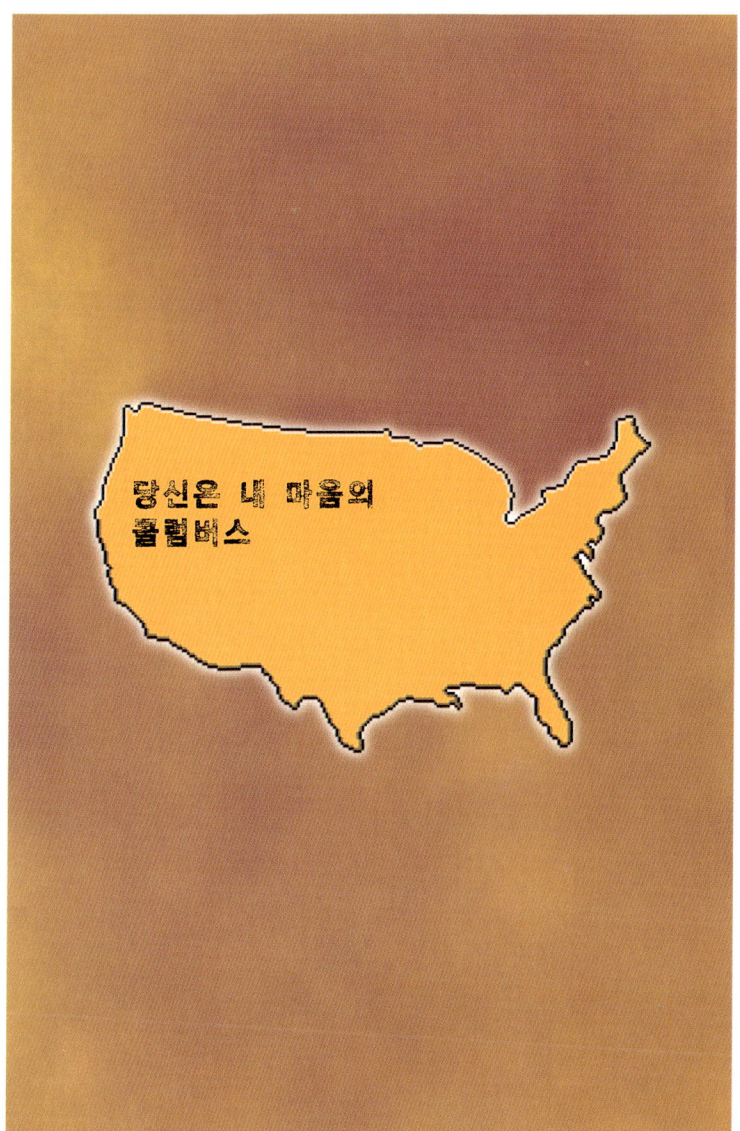

당신은 내 마음의
콜럼버스

내 자신도 몰랐던 뜨거운 마음을 알게 해준 당신은… 나의 콜럼버스 입니다

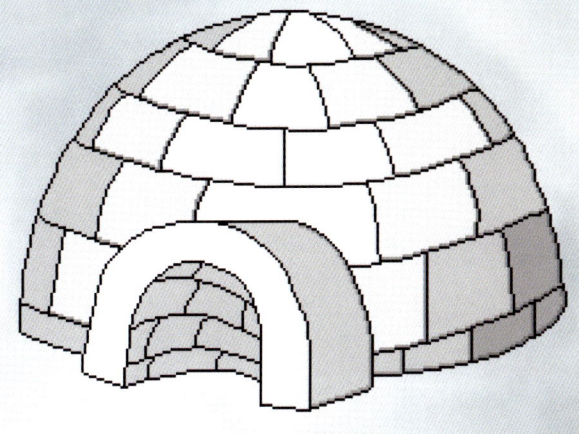

겉으로론
차갑게 대하지만
마음은
그렇지 않다는 것을
잘
알고 있습니다

- 어느 사내 커플 이야기 -

말도 많고, 탈도 많은 사내 커플이지만 당신을 맘껏 볼 수 있으니 난 좋기만 합니다

ⓚⓚ 사랑은 시작하는 순간부터 추억이 된다

눈치 보지 말자!

그 사람이 날 **어떻게 생각하는지**
주위 사람들의 반응은 어떨지…

사랑 한다면…
눈치 보지말고 고백하자!

고기 한 점 남아 있을 때, 좌석 한 자리 비어 있을 때… 슬금슬금 눈치보지만
사랑 고백 만큼은 눈치보지 말자구요

KK

사랑은 시작하는 순간부터 추억이 된다 KK

저장해 주세요
언제 날아갈지 모르잖아요
저장해 주세요
날아가서 후회해도 때는 늦죠
저장해 주세요
우리의 사랑, 우리의 추억…

**제발 날아가기 전에
저장해 주세요**

당신과 행복한 지금 이 순간… 절대 놓치고 싶지 않습니다

save

당신과 함께 있을 때 우리가 만났을 때의 모습 그대로

히히… 아아아잉~^^, 자갸~~ 당신과 함께 있으면… 어느새 어린아이가 되어버립니다

KK

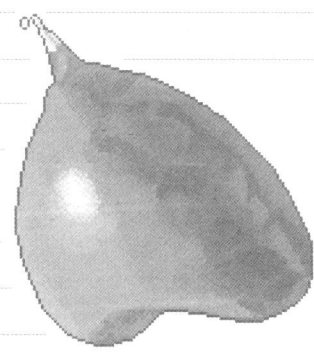

당신과 함께 있을때
우리가 마시는 공기는
헬륨가스입니다

사랑은 시작하는 순간부터 추억이 된다 KK

에필로그

가끔 한번씩 떠오르는 알싸한 추억이 정말 아름다운 추억인 것 같습니다
추억은 떠오르는 것이지 삶의 공간일 수 없다는 생각을 이제서야 하게됩니다
이제 추억이란 틀을 다시 깨고, 예전의 우리로 돌아갈 수 있도록 노력해요
그것만이 추억을 더욱 아름답게 만드는 길입니다   김경미

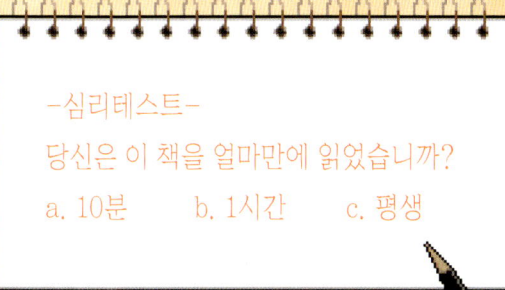

-심리테스트-

당신은 이 책을 얼마만에 읽었습니까?

a. 10분　　　b. 1시간　　　c. 평생

이 한 권을 10분내로 읽은 당신은
사랑을 못 믿는 사람입니다

이 한 권을 1시간 동안 읽은 당신은
사랑하는 사람이 있군요

이 한 권을 평생 읽으실 당신은
어쩜,
저와 사랑에 **빠지셨군요**

당신은 어떤 번호를 선택하셨습니까?

사랑은 시작하는 순간부터 추억이 된다

사랑은 시작하는
순간부터
추억이 된다
Love becomes remembrance
As soon as it begins

초판 1쇄 발행 2002년 12월 12일
글   김경미
그림   김경미
펴낸이 박대용
편집, 기획 최선영 · 임혜란

펴낸곳 도서출판 징검다리
주소 서울시 마포구 합정동 426-1
전화 3143-1966 · 332-3880 / 팩스 3143-2757
e-mail zinggumdari@hanmail.net
등록 1998년 4월 3일 (제10-1574)

ISBN 89-88246-43-8-03810